前往時間的傷口

靈歌

世界以痛吻我，我要報之以歌
——閱讀靈歌詩集《前往時間的傷口》

李進文

⊙不再逆光的詩人

靈歌已屆從心之年，七十二歲對他來說是「不再逆光的年紀」，雖然他自省不再逆光，那麼「身前僅餘暗影」。

攝影上，逆光可以凸顯輪廓與個性，適合年輕時代。人生風景到了某個階段，「順光」（或順服於光源、順服於己心）更好，更能表現色彩的情境和意趣。或者採用「側光」創造立體和空間的戲劇效果。亦可大膽使用「頂光」讓自己豁然亮麗，豐美著生存的圖像。如果心從容了，過日子就可以有各種角度和形式。如今的靈歌，或許更在意追求心靈的自由，甚至圓熟，以詩映射千變萬化的人間。

圓熟，並非意味著青春不再。在詩的國度，年齡與詩齡無法論斷誰是「新生代」、「中生代」或「前行代」，不斷地內省與追求就能保持年輕，停滯就老了。詩只有好與不好，沒有年齡上的老與少。

靈歌後期的詩，意象輕盈，跳接有勁，餘韻於空隙間流轉，靈動的詞語在《前往時間的傷口》這本新詩集中俯拾皆是，信手例舉：——「有些口／要別人開了／你才懸河」、「文明有時／戒不了洪荒」、「開始學習風，學習水／令一切無所不從」、「雲開釋了天／霧收押人間」、「我的天氣我蒙太奇／跳格子陰／跳格子晴／划拳」、「一條河勒緊一座城／誰是那呼吸的船」、「那片花海／再移過去一點／就是侵略」……我想，一個詩人對文字有多尊敬，就對自己有多期許。

《前往時間的傷口》涵括四部分：〈輯一，時間的傷口〉、〈輯二，人間戀上〉、〈輯三，探索的困惑〉、〈輯四，風雨行旅〉。猶若四重奏，音響立體環繞著「生活」這樣一個大命題——無論歲月、悲與喜、對世界的提問，或跋涉往日和現今的行旅……這些，堆疊成生命中難以負荷的沉重，他仰頸一口喝下自己的重量，詩句在體內化開，晚景遂由寒涼轉爲暖活。

⊙時間倒敘

愈普世的題材，愈有挑戰。過日子、寫生活，看似單純，其實困難重重。寫詩往往因爲有了生活的歷練，才能造就詩風的轉變。最明顯的除了這本新詩集，也包括前兩本：《破碎的完整》和《漂流的透明書》。標誌了靈歌創作的全新階段。

寫序，我仍先將讀者設定爲與作者是初識。所謂「詩人」，「詩」與「人」是分不開的。概略了解他這個「人」，會更容易進入他的「詩」。

倒敘靈歌：——他1951年出生於台北市，求學階段幾乎是半工半讀完成。1974年（23歲）開始寫詩，第一首詩發表在「秋水詩刊」（1975），但1979年（28歲）他創業開設工廠，隔年（1980）停筆，這一停就是三十一年。2011年（60歲）重返寫詩。重返後除了早年結集的《雪色森林》（2000）之外，60歲後大概十一年間，出版了三本詩集，包括《破碎的完整》、《漂流的透明書》、《夢在飛翔》，以及一本三人合集《千雅歌》（結合音樂、繪畫和舞蹈的主題書寫）。眞正重返詩域後的代表作是這本《前往時間的傷口》以及《破碎的完整》和《漂流的透明書》。至於《夢在飛翔》出版時間是2011年，算是收錄他重返之前的「少作」。

漫長的生活，早年棄詩從商的經歷，成爲他重回詩壇的養分。另一個特別的經歷是移民異國，1998年（47歲）的靈歌移民紐西蘭，直到2015年才正式舉家遷回台灣。異國對他來說，不是或不全是情調，尤其早年拚搏的刻苦與風霜，化為詩句，流露出一種淡淡的哀傷。家在異國又得從異國的家到各處出差，心情「像一支箭，忘了靶心的飛／像一盞燈滅了，不在乎餘下的旅程」，難怪詩人張默在靈歌的詩中會讀到「怫鬱的氣息」。〈在台北紐西蘭，在奧克蘭皇后鎮〉一詩這樣寫著：「我的南是湖天藍／我的北終究家鄉灰／即使霾，即使綠藍紅混沌一碗／難以下嚥，難以在飛機觸地時／依然不辨何方」。

作為一個「生意人」又身在異國，必然要有一顆時時警醒的心，即便他滿腔抒情，但「冷靜」是為了生活，更是為了求生，加上他高工念的是機工科，這都無形中養成或促使他「冷靜」。所以他會寫下〈命案卡牌遊戲〉、〈推理劇中〉這類需要條理、需要整合抽象與具象的詩，也就不奇怪了。

冷靜讓他反躬內省，應該或想要成為一個怎樣的人——「在異地／看著逐漸虛胖的自己／被生活切割後運走多餘／／遠方鄉音忽起／衝進來的人面目陌生／猛然嵌入／／一個完整的人」（〈鄉愁四起〉）。這接壤了上一本詩集有關「破碎的完整」的情懷。

⊙置之死地而後生

前面提到「生活」，是他新詩集的大命題，書名雖是《前往時間的傷口》，但時間和傷口是涵融於生活之中的。時間對他來說是具象的，充滿磨練與遭變，四十年的努力工作，終於小有成就，成為社會上有事業、有經濟基礎，亦即所謂「有用的人」。

時間，將他變成一個有用的人。復返文學江湖，卻是創作「無用的詩」。他在寫自己職場感悟的〈黑手工〉一詩：「曾被稱為有用的人／自外人仰望的高度躍落／詩的深淵／學習無用之事／任筆尖琢磨／一個老邁又新生的靈魂」。這是反語，其實他深諳莊子說的：「人皆知有用之用，而莫知無用之用。」寫詩，是他對自我生命價值的覺醒，亞里斯多德說過：「人生最終的價值在於覺醒和思考的能力，而不只在於生存。」——詩，才是他的救贖、他的終極喜樂。

一個經營企業四十年的職場人，轉變為寫詩的「新手」，這過程就如他的自剖：需要置之死地而後生。

置之死地而後生，是要付出代價的！「能給自己的時間／分秒必針／刺蝟自慰／深入與拔出都是自絕」，他到「吹鼓吹詩論壇」註冊，瘋狂寫詩貼詩，曾經一年寫了四百多首，他說，「是練筆，也是掙脫老派語言必經的過程和修練。」他必須拆掉所有舊習和老派的語言，「拆掉框架／降低高亢的修飾音／／走音走上弦月／如一場無法／又堅持說法的道場」（〈練習〉），詩是他的道場，練寫就是修練，透過練習再練習，終有些領悟。

練習之外，還要勤學、還要思索，他說：「我更喜歡年輕人的詩，並以他們為師。因為年輕詩人，對於所處的時代和土地，不只是有自己看法，也常有獨特見解，且手法犀利，語言創新。」他矢言，必須鍛鍊出「年輕的語言」，以往所有的創作、所有的鏡中回顧，都必須擊破、重塑、打磨、拋光……他透過重讀、修改、靜置、再修改，反覆磨礪，像一個自我追求嚴格的職人意匠，如此這般一首詩才算完成。

⊙變奏的抒情之歌

上一本詩集《破碎的完整》，應是到 2019 年為止，靈歌最滿意的作品，這也給他設了一個自我超越的門檻，新詩集的形式與內容必須有所不同。他一如既往，反覆更換意象、深入修練，「我穿過夏日午後的雨／換穿風」，再三取捨、沿路找尋素材，「與路對談的鞋／有許多故事／柏油爽朗，黃土細緻／碎石路有些捨離／又不捨離」（〈成為不成為〉），直到每一個字詞安頓在恰好的位置，最後方能讓「風自四方，烹調色香味／上菜於四季」（〈等待十月〉）。

另外，他也嘗試寫些「類型詩」，例如〈推理劇中〉，或者〈命案卡牌遊戲〉將命案與卡牌與 QR code 結合，以及〈彩繪美甲狂想曲〉將幻想和 5G 及元宇宙甚至禪思結合，並交融眞實的美甲彩繪技藝，讓詩更開闊、更具實驗精神。對照前述，靈歌確實盡力探索和嘗試「年輕的語言」，敢於挑戰新題材。

除了從生活中觸及的人事物，他也從新聞事件、世界局勢，以及環保議題等，去思索、去提問，然後沉澱，冷靜地以整體象徵，寫出自己的聲音和看法。例如《我們在推遲中纏繞彼此》此詩以兩首組合，〈我們纏繞〉又〈彼此推遲〉互文，所謂「參互成文，含而見義」，相互闡發、相互補充。〈我們纏繞〉：「像一條橋牽起兩地的手／塡補了鴻溝／等待月光來訪時／冷眼對看彼此／靜靜撕開流水的傷口」，看似抒情詩，但若以兩岸政治的糾纏來理解，亦可視爲政治詩，這是他對詩所追求的「歧義性」。

甚至，亦有他隱晦地對寫詩的看法，或謂之「論詩詩」，例如〈他們重複著我們的困惑〉：「某些人耽美／而欠缺審美／像一條橋拉攏陰陽／把虛構搓合成誤解」。可見他擅長的抒情詩有各種變奏或變調，他的抒情有主見、也有意見，既不是空靈也不全是溫柔敦厚，而是言之有物，甚至他心中其實住著一隻隱形的刺蝟。

⊙時間即人間

《前往時間的傷口》裡，生活是母題，時間和傷口是子題。他對「時間」有不同的定義，可以在輯二的〈人間戀上〉看出這個特點。簡言之，他的時間，即是人間。他的時間是深刻入骨的、活生生的日子，並非虛無的字面意思。

靈歌的詩，有的不著「時間」一詞，卻隱含對時間的探究，例如「合照的自畫像／多年以後／越斑剝越清晰」（〈多年以前〉）、「臉部光影正盛，髮線黑白狂奔」（〈薄霧穿花〉）、「一條大河流經的歲月／一些支流總會接走」（〈八十歲〉）。

光就字面上有「時間」二字的句子就不少，例如：「有時等待／是傷停時間」（〈等待傷口〉）、「距離近嗎？／還是時間不長？」（〈古今〉）、「一座沙漏無意掉落／一地碎玻璃放走時間」（〈一的對談〉）、「能給自己的時間／分秒必針」（〈夜雨者〉）等。而直接以「時間」爲題的詩，則如〈時間的濃淡，山水〉、〈時間倒敘〉等。

他說：「人生有許多已發生的，無法改變的，或不是操之在我的種種，都應該放下，不放下這些，又能如何？」他在〈時間倒敘〉中，以生命的四個階段倒敘——〈蒼涼〉、〈問句〉、〈漸暖〉、〈青春〉，時序從晚近到遙遠的青春，他冷靜地告解、他質問縹緲的壯志、他體會順遂時的冷意、他反芻青春的不安……彷彿，他只是對著自己的倒影述說，而倒影之下，是深不見底的往事。

時間有倒敘，也有順著時序的〈時間的階梯〉——從二十歲、四十歲、六十五歲寫到將來的八十歲，年歲漸高，即便六十五歲之後退休的日子，他依然「向日落處頂浪」，「頂浪」是指船艏迎向風浪，且視浪高情況，適時而謹慎地增加轉速，破浪前行。

「而今往日安在／而後全是未來／未來不可追，往日不想留／／距離近嗎？還是時間不長？」（〈古今〉），從年輕歷經世俗、中壯年、退休，他細緻地梳理時間，而今漸漸圓融，玫瑰不再那麼直接地「刺青春天」，於是他說：「我們在山水之間／成爲滿身坑洞的人／風不斷穿過／卻沒留下不平的回聲」（〈時間的濃淡，山水〉），歷經險峻，卻沒有不滿，這樣的心態，是要有寬度的。

靈歌漸漸能把「時間」看清楚，「可泣的事物／有時可割可棄」（〈等待傷口〉），這是他在時間中找到的放下方式。他的「時間」不是抽象的時間，是對抗與思索並駕於人間的具象的時間。

⊙傷口是必經的路口

靈歌對「傷（口）」亦有各種不同的角度（或說是論述），他的「傷」更有不少是正向思維。猶如印度詩人泰戈爾說：「世界以痛吻我，我要報之以歌。」這般積極的生命態度，而自己的傷口和別人的傷口無須校正地「吻合」，暗喻了體貼和寬容，也是同理心。

對他來說，傷口的定義很開闊。傷，不一定是悲傷、刺傷、傷害或者悲劇，反而是比較偏向宗教情懷的「悲憫」，這部分來自於他對佛學的浸潤，多數則來自於「人間禪」。「禪」是朋友，「傷口」也是朋友，甚至是戀人，「悲傷不只緊鄰快樂／有時會同居，會分娩／多情的混血兒」。禪或者傷口，都是他的有緣人。

他的傷口，是人生恰巧必經的各個路口罷了——這樣的概念早已出現在前一本詩集《破碎的完整》，他在第一輯〈前往退路〉就下了個小注腳：「前進，前進，其實是沒有退路。」不要因爲傷口而止步，「我正前往／你的前往」，和風和雨和你一起去「看看前方的／更前方／陽光是否能將體感烘暖」（〈吻合〉）。

我們來朗誦〈吻合〉：「傷口總是／對於傷害的人沉默／對於受傷的人遊說：／時間開了花／現在結果／你繼續施肥／它就遍野／／我正收穫／它的收穫／穀粒曬乾了前方／陽光頻頻回頭」——讀起來很陽光吧！他的傷口，流露溫熱。傷過之後，「我在溪中垂釣／一個人的黎明」（〈你我〉），好個陽光老少年！

⊙分享・和解

晚年的靈歌寫詩讀詩、運動和旅行。他順服心靈、放飛身體。傷口如路口是人生必經的，咬咬牙就過了、就不痛了。走過人生，閱過詩，我們將更能理解，傷口是要面對而不是放棄，儘管放棄是生命中最容易做的一件事。傷口是人生的一部分，就跟失敗是成功的一部分類似，「即使是烏雲下的孩子／也從不放棄，企圖成爲閃電」（〈時間的濃淡，山水〉）。

面對，接受，處理，然後才能放下傷口，台灣話說「歡喜做、甘願受」，就是歷經這四個階段之後的境界。從不同的角度看待傷口，禍福相倚，悲傷和快樂是一體，而不是兩面，因爲它們的共存和相融，生命才會誕生多彩多姿的種種情境和滋味。

重返詩國之後，靈歌一再思考的時間就是百態的人間，他辯證生命中的破碎與完整，把創作視爲餘生最珍攝的一趟心靈之旅。來到這本《前往時間的傷口》，彷彿更進階地體悟到，一個人的破碎或完整，都比不上與他者（讀者或一切人事物）在詩中一起旅行、一起解惑、一起航向未來；同悲同喜、共震共感，這是極爲重要的「分享」的概念，人在分享時會有一股正能量、放射快樂的磁場。

和靈歌一起前往時間的傷口，一起面對、接受、處理、放下一切傷口，然後「成爲每座城市共有的路名／成爲某些人的原諒」，也就是和解！人生最終與自己、與萬物和解。

詩人推薦語（依筆劃序）

【吳鈞堯】

就我所知，靈歌是被事業耽誤的詩人，顧盼生活、提升物質種種時，其實也在構造世界的零件。物質上升後，靈歌自以爲精神沉淪，尤在步入壯年，回首前塵，雖不至於懊惱少年路，便也提煉爲一種悔悟。

都已經是「慢馬」了，一鞭哪夠瞧，靈歌再提詩筆，必須數鞭加上荊棘，才能說服自己歲月無悔。

然，自以爲虛度的日子並非眞的虛度，它們慢慢回歸爲靈歌的語言骨頭，他寫得勤快之餘，除卻年輕寫詩常見的花俏與包裝，聽仔細了，仍有機器的運作聲響，扣搭扣搭，有多少的金屬原料才能斬釘截鐵，製造成預設的鐵馬或者高鐵與飛機。

質量於焉是靈歌最厚實的凝望。深入生命內在，有禪理、同理，以及構成主旋律的人的道理。被耽誤的寫詩歲月，並未眞的耽誤什麼，它們提供台階以及轉盤，厚實並且靈動而歌，少年與壯年攜手，用詩譜曲。

【姚時晴】

詩人靈歌曾自況，爲了進化自己的詩創作，曾經全數拋棄固有的寫作慣性，重新開啓嶄新的語言書寫程式。在他最新詩集《前往問的傷口》，詩人以簡潔的句式，靈巧的意象，創造出極具生命哲思與禪想的語境。讀其詩，像身在千利休僅僅兩張半塌塌米窄仄的待庵茶屋內，卻得以嗅聞到宛如盛開在曠野大自然間香氣怡人霞燦美麗的室內插花；像一只粉青釉染著赤赭色開片紋的溫潤瓷器，以被火錘鍊過，被水冷冽過的語詞，低色階卻高質地的呈現出文字精煉且幽深的獨特姿態。

【蔡淇華】在傷口站穩，並拉高音階

時間劃傷的創口，是詩人靈歌創造語言的出口。

寫詩前後四十七年，但在創業的聲道，詩人一度失語。停筆三十二年後，在二〇一一年才重返詩壇。「曾被稱爲有用的人／自外人仰望的高度躍落／詩的深淵／學習無用之事／任筆尖琢磨／一個老邁又新生的靈魂」〈黑手工〉。

移民紐西蘭二十多年，詩人選擇六十五歲退休。「從車廂下來的／裂開的二個人影／一個成爲河流，另一個是船／向日落處頂浪」〈時間的階梯——六十五歲〉。

那成功企業家的人影，漸行漸遠，而另一個詩人的身形，在影子換膚後，創作能量迸發，每篇作品都詩質濃郁，情志豐腴。「在穿入與抽出間斷續眞假人生／演你自己的霹靂」〈霹靂木偶〉。詩人靈魂霹靂，不只在生命日落處頂浪，也慢慢抽出詩的新芽，立象竟意，破象轉意，將生命推高：「而你是被雷劈開的樹幹／卻從身體的另一端，抽出新芽／只是路，進退都是一條繩圈／我們被穿入生活的囚室／山等待最後的雲／將日漸稀薄的我們隱形／浪離開，爲了尋找適合的岸／時間終究，將我推高」〈時間的濃淡，山水〉。

詩人的語言像浪，不斷推高。多變的符碼，靈動的圖像，不斷地裂解與組合，意念內伸外延，流動幻變，如同結構主義大師克勞德．李維史陀所言：「從表面上歧異分疏的眾多事物當中，追索出其不變的成分。」

「成爲傘，成爲陽光和雨的敘述／不成爲雨，不在傘外隔離／成爲風衣，讓你懷爐／不成爲風，留下溫度／成爲路，任你抽換／成爲風景，隨你搬遷與居住」

〈成爲不成爲〉。重新定義生命。

《前往時間的傷口》是詩人的第七本詩集，此次傷口一開口，前往被折彎的時間，重組記憶的碎片，也替眾生找回一度暗啞的聲帶，並在詩行節奏臻於化境時，美的音部在傷口站穩，並拉高音階，抵達遼闊的向內凝視。生命的暗夜「我正前往／你的前往／相疊的足跡一場雨／被風吹乾／又一再淋濕／風正前往／雨的前往／看看前方的／更前方／陽光是否能將體感烘暖／有些口／要別人開了／你才懸河／有些口／因爲瘂了／你穿過／才有了遼闊」〈吻合〉。

《前往時間的傷口》成整失序的六識，也開啓被時間遺忘的意識。邀請人間的慧眼，隨著詩人「微薄，忽而高昂的聲線／轉圜人間千千結／一一鬆綁／才體會意猶未盡」〈六識之初〉。

是的，翻開靈歌這本經典詩集，你將目視有盡，意猶未盡。

【劉曉頤】

當我讀到愛爾蘭女詩人葆拉．彌罕的句子：「寫詩，就像孩子蹲在窗邊，用呼吸在玻璃上吹出霜花。」心中浮現的正是屬於靈歌的寫詩畫面。彷見他回歸成孩子，那麼柔軟、純粹、帶著天眞地，在冬日玻璃上呼著霜花。淬鍊的詩句，與他那雙看透世事反而孩氣乾淨的眼睛，光芒不若其精湛技藝之下的星鑽折線，而是從謙卑低處，捧起暖意的微光。

彷彿在他背後，整片景深綣起漫天滌淨的白羽。他捧起碎碎片片不忍縱失的生活素材，珍矜地織入詩行之間。點滴都是愛。

《前往時間的傷口》是一塊暖手的發光泡棉。

蘊含豐富哲思與智慧，是他詩的極大特色之一。所挹注的情感思想，有曠達，有堅持——詩就是他情操最堅深的堅持之一。如帕斯捷爾納克主張，一般認爲藝術是噴泉，其實它是海綿。靈歌的愛屬於人間，屬於生命之詩，海綿般吸收生活，提煉成點點滴滴萃取、昇華後的暖手泡棉——在這方面，甚至很難見到比他發揮得更淋漓盡致者；淋漓，而又錘鍊，縱使短詩，錘鍊後迸射字花。

【顏艾琳】

靈歌是我多年來罕見，年紀越大越寫越好的詩人之一。

詩是一個偏好天生才份發展，有時並非後天努力而能有成的殘酷擂台。

優秀詩人通常早早寫出令人驚艷且很難超越的作品，但年紀越長作品卻越無趣，老調重彈舊瓶無新裝。也有像痖弦那般，將文思才華轉移到編務，提拔無數新人。

詩心常有，一雙好的詩眼少遇。靈歌在中斷詩創作的多年，詩心動了而重新擁抱詩，更與友人創辦野薑花詩刊社，一雙詩眼從五十年代的經典跳躍至二十一世紀百花齊放的園地。他以新人自居，對所有接觸到的詩風、新舊詩人做閱讀與實際的內外交流，快速地吸收精華、了解那個詩壇是怎麼回事。然而這些包容與了解，體現出來的，是被看見的文字載體。當靈歌的詩出現在各大副刊、詩刊，他的詩句既非前輩詩人的意象指涉、抽象前衛，也不是流行的直白文案療育詩，而是讓讀者看了會聯想到新鮮的語意。

彷彿眼前是一片海，而海平線外的海在湧動向前：一片沙漠，而背後更遠方的風沙仍持續吹來、落塵、改變現狀。

此集詩作，有些我已在報刊跟臉書上讀過，現結集出版，再次被他的語意隙縫裡的亂針刺繡，巧奪天工而無鑿痕驚喜。是的，他在時間的樓梯爬著爬著，身心磨出的傷口已化做詩的出口，而那是一個屬於他的高樓天台，他，俯瞰著。

【嚴忠政】

讀這本詩集，在減法中，關了燈，也知道世界的樣子。它的成就，是能讓文字在鐵鏽裡滴雨成樂，從下弦月發現獵場就在胸口。了然明白，此去時間的路上，退一步有多遼闊。

這是一本遼闊之書。人到洪荒，若等來的是一場誤會，在詩裡，就一切都沒關係了！在這裡，支流都和大海接手了，影子都回到了肉身，夠遼闊就不亢奮了，也無悲喜亂志。於是，他的文字可以派生無傷的境地。

這是一本領悟之書。像一支箭，忘了靶心！那些動與不動，或者不動而動，都在生活的推擠間。於是被擠下車廂，走在白白的紙上，這是詩人邀你裸足於雪地，超越所有的雙關詞，重新定義傷口。

輯一　時間的傷口

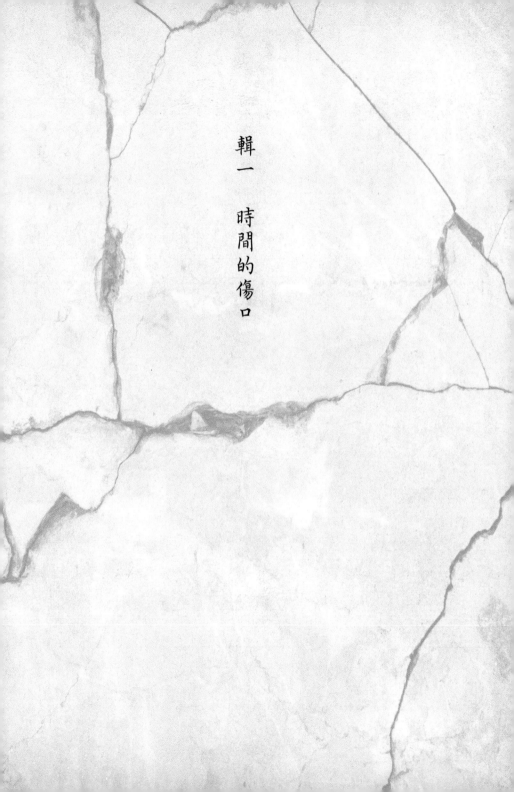

吻合

我正前往
你的前往
相疊的足跡一場雨
被風吹乾
又一再淋濕

風正前往
雨的前往
看看前方的
更前方
陽光是否能將體感烘暖

有些口

要別人開了
你才懸河

有些口
因爲啞了
你穿過
才有了遼闊

傷口總是
對於傷害的人沉默
對於受傷的人遊說：
時間開了花
現在結果
你繼續施肥
它就遍野

我正收穫
它的收穫
穀粒曬乾了前方
陽光頻頻回頭

有些口
塞滿時間
分針劃傷的
秒針縫合
我們口對口
無須校正時針
也能吻合

自由副刊 2022/7/5

時間的階梯

二十歲

往前都是草原，寬闊適於野餐
往後都是階梯，一口氣上來不喘

有時角色扮演綿羊
嚼著草彷彿咬破大地的傷
有時在沙地上空轉
想把粗糙的磨平

丘陵中的水，即使碎了
每一片還是明鏡

四十歲

衝刺到起跳點
半生悲歡凝聚
爆發、躍起、翻過
眞相逐漸老去的橫桿
風起時，讓墜落成爲飛翔

有時累了
想將陳年蒙塵的五官
交給灰階的手指
只是彈開的
是拉高並站穩的音階
還是破音點？

六十五歲

退休的日子
搭上捷運
全世界都起身
只有我，坐下

突然斷了電
分岔的枯枝
像從車廂下來的
裂開的二個人影，漸行漸遠
一個成爲河流，另一個是船
向日落處頂浪

八十歲

像一片葉子
啃囓季節的邊緣
讓自己慢慢老成消失的樣子

一條大河流經的歲月
一些支流總會接走

斷枝隨浪潮來去
寫下忘了的字
漲潮時
那些刻深的字流滿淚水
退潮時面目模糊

中時人間副刊 2021/3/24

等待傷口

獵人以陷阱
凝視死亡
獵槍發火：
生，是錯誤

守侯總是
讓體溫升降
夜涼如水
也曾經如火

夜空為了清償霧霾
流當的金星
白銀河

都等你贖身

有時等待
是傷停時間
有時成爲時間的傷口
讓等待慢性發炎

可泣的事物
有時可割可棄

有時等到了
一場誤會
留下或離開
不辨烏雲或明月

創世紀213期 2022/12月

旅程

被困在
圓方玻璃下的
長短腳
旅程總是若重
而舉輕，而傾聽
秒針的心跳

讓你看見
自己一息尚存的節奏

圓方
是一座座
迴環往復的迷宮

聯副 2022/9/2

成為不成為

我穿過夏日午後的雨
換穿風
氣候的試衣間
是否有預報的隙縫

日光暴衝時
撐開一朵雲減速

文明有時
戒不了洪荒
孤獨難免
穿越人群

與路對談的鞋
有許多故事
柏油爽朗，黃土細緻
碎石路有些捨離
又不捨離
青草路最貼心
無論上坡下坡都扶持
由不得，想起了你

成爲傘，成爲陽光和雨的敘述
不成爲雨，不在傘外隔離
成爲風衣，讓你懷爐
不成爲風，留下溫度
成爲路，任你抽換
成爲風景，隨你搬遷與居住

聯副 2022/5/25

時間的濃淡，山水

我們在山水之間
閱讀動，與不動的典範

動，與不動：
如果你是鐘擺
我會是時間的坡度

不動卻動了：
寧可是車廂內的人
讓月台推開

彼此如雪地的浪人
你一身白紙，旅程無聲

我尋尋覓覓，只得一路留字：

像一支箭，忘了靶心的飛
像一盞燈滅了，不在乎餘下的旅程

走得越遠，越想起你
手中收線的半徑

水沒有間隙，風也是
我看見自己軟弱的延續
而你是被雷劈開的樹幹
卻從身體的另一端，抽出新芽

只是路，進退都是一條繩圈
我們被穿入生活的囚室

山等待最後的雲
將日漸稀薄的我們隱形
浪離開，爲了尋找適合的岸

時間終究，將我推高：
如蓊鬱的山頭，卻被怪手抓禿
我只能自欺，是一種愛
塗壞鮮綠的色彩

終究時間，如此堅持：
一座孤島，汲取海的鹹度
不讓自己腐化
即使是烏雲下的孩子
也從不放棄，企圖成爲閃電

時間由線性而迴圈

落筆由淡轉濃
終究又淡了，終至不見

我們在山水之間
成為滿身坑洞的人
風不斷穿過
卻沒留下不平的回聲

中時人間副刊 2022/5/9

等待十月

等待十月
眼睛被迫懷孕
微凸的水晶體
即將生出，胎動的風景

落葉揮毫，太極
生命虛空在季節遞嬗中落實飄零

風自四方，烹調色香味
上菜於四季，落座於十月
末班的島嶼映象
山水枯禪，緩緩駛進
雪色的起站

而雪總是過站不停

我繼續旅途
成爲一首詩中
轉折的字
在液態的風景中
繼續靜物

中時人間副刊 2020/11/18

游牧

將每一個點
都串成燈
讓每一條線都成爲海岸

寄居蟹成爲
悲傷與快樂交換的容器
盛裝洋流的社交
棄置的殼也能聽見
海的嘆息不會長大

沙灘會縮水
露出故事的腳踝
再膨脹成天涯

華副 2021/6/9

一切靜止是躁動的開始

蠻荒是
你眼中暴戾的
副詞
獸是壓力的代名
形容衣冠楚楚的城市

我們都有無法撢淨的灰
在是非中滾動，碗中的骰子
靜止後，虛偽白吐出點數喊出
黑芝麻開門

一切靜止是一切躁動的開始

誰是超前時間的過動兒
只用晃動中的背影
就落後了我們井中的視線

神從西方的投手丘中暴投
東方的佛自漏接的捕手取經
阿門，阿彌陀佛

古老的碑文
矗立現代十字路口的疑問
紅停轉綠動
排煙管一路吐實
掏肺的清淨

幼獅文藝 2021/3

鄉愁四起

一起

在異地
看著逐漸虛胖的自己
被生活切割後運走多餘

遠方鄉音忽起
衝進來的人面目陌生
猛然嵌入

一個完整的人

再起

他走來，漸漸靠近
像一張舊照片
削瘦，矮小而面容難辨

他走過去了
撕下我怔忡的臉皮
又遞給我一面鏡子
我注視鏡中那人
卻是前年在家過年的自己
如今，缺了明亮的陰著

三起

不斷嘗試進入

兩地轉換時的裂縫
指紋，虹膜
甚至縫合後的整張臉
三起密語
都在接受與拒絕的辨識中
反反覆覆

不想被鄉愁的陰影轟炸
必須至高處
還以望斷的天涯路

末起

一條路
晴了陰洗了又皺
還是回來，看看那塊牌子

擦擦那面桌子，坐坐那張椅子
偷窺從未見過的曾
曾曾孫子

我總是
離不開這斑剝破落的屋子

自由副刊 2021/2/7

屬於所有

太陽是晴天的（兒語）
月亮是夜晚的太陽（老詞）
雨是雲被黑過的私生子

二是一後面的
接近時複數，拉遠時單獨
我是妳無可割捨
又難以承受的
幻視，影子

「是」太頻繁，還有「的」
字要消除用橡皮擦，人也可以
修正液塗白，或塗黑，也可以

在二個「是」之間插入否定：是「不」是？

我們之間有時難以選擇黑白
而成爲灰色的
地帶，可以寬也可以窄
它震顫，它互撞隆起而成爲
地震帶，是地質不穩定的
成爲我們之間的喻依

像生活，我是這些的：
是海浪吐回岸上的魚
是操作沖床反被切斷的食指尖
是翻砂的木模
曾經墜落沒死透的鷹架
如今，分秒城市的經濟
穿梭接送，成爲您每一餐的鼎沸

像這些人，我也有夢：
白天外送，夜晚斜槓守衛（奔波後的喘息）
平日廚師，休假日農夫（體會烹調的歷史）
正職機械操作工，兼職學木工（預留一條退路）
有時白天很黑，有時晴天下雨
斜槓再斜槓，頂住牆撐起屋瓦
圈一個家養小孩

而現實的我：
頂樓租屋違建，命格屬火
河岸租地種植屬水
我是水火不容的，漂萍與灰燼

離開妳又回頭
在夢中簽下賣身契或許可以讓渡所有權給妳

給妳不僅是虛詞，還有我所有的
堆積再輾壓的生活

人間魚詩生活誌第八期 2022/1
《2022 台灣詩選》

超越

你俯視我的仰望
晨曦微微
自地平線上露臉

戴上雲的面具
光芒藏匿其間
沿上升的軌道
直到一天將盡

直到月明
星稀了
我們相距光年

聯副 2022/9/23

時間倒敘

——水窮處，依然有倒影，深不見底

蒼涼

我們總要，向所有逝去的揭露
灰在空中，最終向泥土告解
深埋後吸納，再轉生
如同瘦弱的背影拉縴
船底輕撫涼薄的水
那樣的逆流也有流不出的眼淚

都已是落葉了，以樹的鱗片
紀錄季節的斷代

遠觀候鳥落羽，只是讀完天空之書
寫下洞見的序文

問句

來訪不遇，總是緣慳一面
曲曲折折穿花
爲了一窺林木的景深

有人心靜季節的薰香
有人在不斷爬升的機艙裡
寫下微不足道的壯志

都是動靜皆宜的雙關詞
爭辯一路埋伏

我們會在曲折婉轉中相逢
或是讓一條失憶的岔路
打開清醒的柵門？

漸暖

生活的光，將風霜的臉，打成明暗面
昔日潮濕角落的黑白靜物
終於被曬出彩虹

此時靜聽傘下的空曠
回音晴朗時的飽滿
那些塗塗抹抹的文字，暗藏流水的日常
一如寒天奉上熱茶
你們喝下的，不過是自己的重量

而我腳底竄生的冷意
正被加厚的夜層層裹住，漸漸轉暖

青春

所有轉晴的天空，都已開釋
雲是自由式

鳥鳴一再剪貼，黎明的前沿

不安於室的青春
正在化水，磅礴瀑布的合唱
開始學習風，學習水
令一切無所不從

中時人間副刊 2022/9/21

輯二　人間戀上

水火

過火了
有傷

神與人
都需要抬轎
需要赤足起泡
刺破炭火化水的艱難
如同，開過頭的玩笑

而涉水
浮出冷暖
替死的傳說
漩渦咬住不放

體溫總是來遲姍姍
因爲川燙過的人生如鬼
那隻手遲遲不放

而我見到你
就焚身
需要另一個人提水
一起灰飛
一起沉滅

過了水
彷彿智慧開了閘
我從中划開水花
可以偏東
也可以往西
三人行必有

沒火過水過的殘餘

幼獅文藝 825 期 2022/9月

雙音

成爲妳的鎖骨
守著嶙峋的山勢

成爲我的篝火
明滅一場夜事

有些火被盜
是一種轉折

有些水忘了深淺
讓一張臉破碎後重圓

黑夜無名隱匿

刺客的高音

沒有退路的斥候
成爲赤裸的月色

走過的路盡被碾平
眼界失去高低

拋棄頭顱的檢索
查閱注音的一生

湖面藍底白
蕾絲邊成鏡

鳥不吃敦倫的蟲
魚不吐殘骸的雲

雲開釋了天
霧收押人間

一條橋追前隨後
左右深谷報以水聲

晨曦彩印
黃昏黑白郎君

被放逐的不倫
爆破三更

創世紀 207 期 2021/6 月

六識之初

你目視雨
沿耳朵
循線淅瀝

你靜坐，等風落座
落葉出草，割下花朵

季節正翻炒
秋冬冷而隱晦的味道
候鳥喋喋，行雲不休

你騰身壯志
縱落微不足道

微薄，忽而高昂的聲線復遠
轉圜人間千千結
一一鬆綁
才體會意猶未盡

人間福報 2022/1/20

情難門

我從一個房間
打開沉重的門
走進另一個房間
忘了哪一個門重哪一個輕

東門

思念正朝東跋涉
晨曦切薄雲海，隱現……

妳竟是斷崖
空白我的名字

昨夜城外觀流星
看似互相吸引的軌跡
原來只是錯過的延伸

南北門

南來北往的風
將一路蒐集的
愛的問題與答案
穿梭門縫
在出發與抵達間練習發聲

當你面對情，只有輕
背對後，牽扯漸漸加重
彷如文字出岫，漸漸浮雲
卻散了又聚

爲了降溫卻降成雨
雨運鏡馬路的倒影
成爲比較滑的風景

中間門

一刀縱砍，一口二分
還沒提問，已入空門

某些答案
如捧讀沿路佈施後的空碗
彷彿消失，又無中生有

西門

他走得很遠，很遠
成爲沒有「退」的字眼

她剛一觸地
卻震動長串經卷

每一次走到盡頭
以爲是末路
日薄西山
回憶才剛剛開始

中時人間副刊 2021/11/29

黑手工

我是黑手
只做工，不入黨

虎鉗夾緊
年輕的尾巴
銼刀前推
鋼鐵的意志粉屑
坎坷需要握緊顫抖的手臂
讓鏽色的未來平坦

工業2.0
學習程式語言
編程時代的自動化

NC 車床銑床，線切割
切削中心機，放電加工機
黑手工要白手起家
3D 繪圖，塑膠模具與衝床模具
大量裝配高品質的自己

白天踩著人力三輪小貨車
載運翻砂過的，黝黑的
脫模過的往昔
夜晚兩輪，馳騁於睡眠與課堂的雙行道
曾經斷腿，曾經斷鏈於感情的失眠
拐杖撐起四條腿
撐起挑戰企業與文學 3.0 的夢

曾被稱爲有用的人
自外人仰望的高度躍落

詩的深淵
學習無用之事
任筆尖琢磨
一個老邁又新生的靈魂

註：黑手工半工半讀創業，晚年退休，重新學習讀詩寫詩，社會上所謂有用的人，正抓緊無多的日子學習，無用之事。

吹鼓吹詩論壇42號 2020/9月

在巷尾裡街頭

某些劇本的審查
在巷尾裡動刀

黑暗中的貓瞳
是火焰
當星光失色

月的彎刀
剮著海的逆鱗
反光舞台
演員打開自己
成爲觀眾的出口

鼾聲交響的室內樂
有人夢遊我
錄下他要的音階
火焰咬破森林動脈
輸送野生的騷動

城市裡的草
善於紀錄人世的荒謬
斷崖成爲一種說詞
地心引力拒絕彈跳

黑夜街頭
滿是路燈的傷口
等著撿屍的人慢慢縫線

華副 2021/6/23

我不知道

我不知道
我們之間明暗的關係
一個自身邊出走的人
會被陽光蒸發
或被黑暗同化？

一個自遠處趕路回家的人
是否會在身邊停駐
或頭也不抬的穿越
頭也不回的消失

我不知道
海那邊的騷動何時擴大

不知道島上的伏流
何地噴出？

只是望著窗，日影已斜
一隻鴿子飛落，又無聲離開
或許無所事事
秒針將鏽成時針
讓無可名狀的疑難
從昨天出發
不再數算何時抵達

安安靜靜

重建一座老城，從頭開始
違建的亂髮，需要都更

剪了髮，煩惱又叢生
貼身衣物如回憶，沾滿短刺

面相小修飾
去繡眉，加深山水輪廓
額下的眉稜線，就有雙翼飛

門面即使掉漆，也是落果
季節收集的種子，果園會唱歌

雨季後
水溝、下水道、江河
都不忘海誓
山盟依舊安安靜靜

人間福報 2022/7/19

退一步

我不在遠方
所以輕聲細語

船回到木材或金屬
回到樹與熔爐

水轉身，回到雨
雨記起雲的妊娠

我不再說出後悔的話
不再推拒被挽留，並學會挽留
不再對著鏡子流淚

而是擁抱

有人成爲山脈
我化成水繞過山谷

有人是鎚
有人是金屬薄片或釘子

有人是鋸
而我寧可成爲木材，有用的傢俱

當爭先成爲時尚
我是骨董或靜物

世界以十倍速翻新
速食填飽一切

面對浪潮翻湧而來
我退了一步
一步是開始
還沒結束

吹鼓吹詩論壇45號 2021/6月

我們在推遲中纏繞彼此

我們纏繞

我們將來回暴衝的線性
溫柔的纏繞迴圈
有時背對，拖慢了時間
有時折斷，卻將指針接續成快轉
讓相望隔岸

像一條橋牽起兩地的手
填補了鴻溝
等待月光來訪時
冷眼對看彼此
靜靜撕開流水的傷口

有些人，不能共一把傘
有些夾角中透光的詩
不能與人共讀

只能在快慢中調整
在凹凸中摸索
屬於我們的玫瑰
一路刺青春天

〈彼此推遲〉

善於縫補破碎的人
總在熨平後發出
隱匿的光澤

那些縫線
深埋別人的指紋
層疊後模糊

我們在悲慘的人世中苦難
卻偶而擁有一些時光
不是孤兒

晴朗的天空沒有雲影
海上沒有浪尖
而你終究會發現
在高處，在深處裡
有我的完整

彼此推遲
只爲了等待兩顆心

要一起聽見
一起練習流水花開的歌聲

中時人間副刊 2021/8/2

古今

距離長嗎？
還是時間很近？

誦書聲被鍵盤取代被指筆消融
一段草寇的文字
綁在街頭的額頭
線裝書脫線
成爲割裂的風吹
成爲亂紅飛過的
他們從語言磨銳出一筆一劃的鋒芒
起義，鼓盪

浪，總是被推，又推人

樹欲靜，而風，從古吹到今

古今不等，不翻版
黑白各自翻
老而腐朽的鼓
敲不出震聾的文字

而今休提從前的從前
有一支渡海的舞
如今皆沒頂
有一面魔鏡
映現的是自己身後的陰影
非古非今
終於斷線的風吹
吹著鞦韆，吹不過自己砌的牆

而今往日安在
而後全是未來
未來不可追，往日不想留

距離近嗎？
還是時間不長？

野薑花 40 期 2022/3

沒來

一根弦荒懸多年
你沒來過
塵埃靜默

城市調校了
向前的腳步
午時退後成已時
準點出庭的風與浪
海正審理
候鳥的迷蹤
你沒來過
只寄來判詞

點燃城市的煙卷
未成年的車流
紅燈斟滿
豈能醉過

山離座了盆地
留下缺口
一條河鹹鹹淡淡交流著海
烈陽、暴雨、沉船
鳥的浮屍
你依然
依然未曾來過

躑躅

沒說出的話
卡在齒間的山壁
山壁的裂縫
一陣風擠倒一陣風
彷彿一首詩
被口吃朗誦

跌了一跤的雨
聲聲慢
斟滿盃的水窪
你的身影沉墜

無所謂清晰或者

模糊在時間的迴廊裡
你重複走向我
曬乾了雨季

無所謂今天或明天
指針過勞
迴環薛西佛斯的困局

人間莫測

雲把雷
藏得很深
像盾

閃電之矛
露出一截
一截就夠毀壞

我的天氣我蒙太奇
跳格子陰
跳格子晴
划拳

山谷高吊嗓子
釣出埡口兜風的美聲
天空收卷了炊煙
山影收卷水色
我收卷臨暮的邊坡

微人間
唯窄窄
細細拓寬
各自的宇宙

你陽光而索居
索我微雨入群體
反芻虹橋
渡人間微微

在路上

繁華街市
擦肩行人
也試圖擦亮
虛榮之心

一路的虛線
自鞋底流出
探索哪幾段路
性格紮實

積厚的灰塵
望住刀刃
鋒芒隱藏的鏽蝕

得自己磨亮

空城的典籍
有殘卷的註釋
累累的傷痕
以皮肉護住骨頭
遠離別人的刀尖

香港聲韻詩刊 69 期

戀上

脣齒交鋒
剛歇
你卸下甲冑

火花開始
戀上噴泉
刀劍戀上鏽蝕
槍戀上空膛

你轉頭注視
我們的冗長
戀上沉默

輯三　探索的困惑

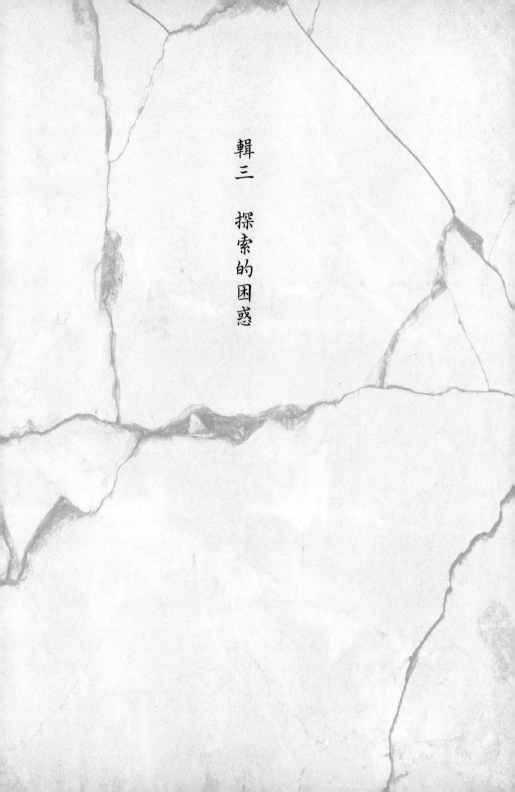

一日

晨曦登高
天際線
拓亮起飛的航道

俯瞰
拉開山的領口
一條河開了嗓
沒有一句回頭

而海
浪將一路量測的等深線
推上陸地
凝固成等高

凡繁複的
總是反覆

陽光善於穿針雨點
織虹
再翻印成霓

色彩極盡
到了抹黑時刻

黃昏善於
等待打烊白日的營生
炊煙支支吾吾
當日帳的透支
由天空埋單

命案卡牌遊戲

每張卡牌都存證跡象
叫出福爾・摩斯・密碼
圖案文字抽詩，剝意象——

封鎖現場：
指紋、毛髮、鞋印
死者姿勢與凶器
現場地毯式搜尋
靜態的，卡牌無聲演繹

檢視監視器：
打鬥或者家具擺設的破壞移動
出入的人與車

手機裡的紀錄，下載 APP
卡牌上 Qr Cord 掃描
跳出斷續的節點
動靜之間線索水落——

勘驗 0 號（死者）：
赤裸身軀
去見刺眼的人

偵訊 1 號（在現場）：
不想被輕易認出
就成爲森林的樹
收束枝葉的伸張
深根土地的話
長成撲朔迷離的枝枒

跡證２號（情殺嫌犯）：
不是攔腰截斷才稱為傷口
不是傷口才分得開愛恨

推理３號（不在場）：

不斷嘗試疊合
現場與離場間的背影
身形穿著，行走的姿勢與慣性
都在開機與關機的確認中
閃閃滅滅

專案小組（案情膠著的警探）：
悶雷忽遠忽近
翻雲覆雨，忽有閃電
一亮又滅

結案終局：
問題與答案穿過長巷
分據前後門
在風的出發與抵達間
混聲

鏡文化／鏡好聽 2022/01/10

轉法輪

盡頭會記得
誰是屠刀

放下爭鋒
終於立地

饕餮三千
煩惱露了餡

弱水一碗只給
知更鳥

千帆摺疊後鋪白

失語的浪

過不過盡
都止於燈火的臂彎

闌珊處放生
又遇屠刀

眾裡尋他密林
鳥鳴破不了煩惱

痛如刀割千百度
只得換剪

淨了頭方知是岸
法輪轉

路

1

冬季的霧紡紗
將所有前往妳的路梭織成布
妳說岔路似剪
我不小心
踢到妳布下的石頭

2

夏日煩躁
如同此刻
彼此揮汗迷途
忘了雨的泥濘
留有一起涉水的溫度

3

我走向妳
所有忐忑開始後退
妳走向我
像陽光妝點的雨霧

4

春天有它的美德
譬如愛與花開
譬如懷胎與色彩

雨成爲游移的標靶
偶有殘雪的準星
都是夏日之前
結束練習的瞄準

鏡文化／鏡好聽 2022/10/3

多年以前

關了燈的鏡子
觸摸，平滑依舊

昔日黯淡
如鏡中乏善可陳
靜默的扭曲
讓時間整形
再沒有可見的刮痕
指腹滑過紛紛的，灰塵

像我長期躺臥的床
床上的被子
一段時間沒洗滌

也沒陽光曝曬的
身軀逐漸積水而佝僂
回憶卻拉直
往你模糊的背影慢移……

那條路，總有未凋落的玫瑰
喔，嫣紅中含羞著露水
有些姻緣繞著曲面輪迴
繞著妳嘴角掉落的青春
在我熠熠的瞳孔裡寫生

合照的自畫像
多年以後
越斑剝越清晰

鹽分地帶文學 95 期 2021/11

多年以後

學習捏麵糰像
濕地塑出的泥人
靜置風的發酵箱
日頭曬出烘焙溫度

一隻怕生的貓，被遛
被高樓團團轉
小孩與狗
都有獵人般的火藥

失憶偶而拍賣
將年歲折扣
即使剛遛完回家的貓

眼睛依然黏住窗
街上一張隨風飛的張貼
黏住走失老人的眼睛
也定定地望回窗內
彷彿找到了，模糊中的清晰

麵糰捏成泥偶
貓化身老人
誰溜貓？
誰又是塑泥的手？

在多年以前

鹽分地帶文學 95 期 2021/11

一的對談

1

一棵樹升一張帆
一座森林搖晃成海洋

2

一條河勒緊一座城
誰是那呼吸的船

3

鞋帶一繫緊
一路的風景上架
一本本增厚

4

踩著晴雨的間奏前行
一把傘遮陽
另一把收集雨聲

5

一條無尾巷
只讓一個人過
那遲疑的路口

6

浪人
每一次轉身
都是一把月琴

7

一座沙漏無意掉落
一地碎玻璃放走時間

8

一把傘
在水花中行船
一雙槳沒踩出的心事
都是雨聲

華副 2023/2/10

你我

你是考古的繁體
我只好潦草數筆

你從雲層中走過雷鳴
我應聲打了噴嚏

垂天而降繩梯的你
救援列隊的靈魂
而我藏匕首向外
套索自己

海上的霧
吐出跨越二座島嶼的橋

是你平張的雙臂
胸膛裡盪出
渡輪的擁抱
我在溪中垂釣
一個人的黎明

你將著作
建成宅邸的門
許多人進出
我在荒野裡側寫日記

你在長河大江間
疏濬月光
我捧飲杯盞中
一燈如豆

有些巨大
在史書中劈開天地
有些幽微似乎
亮過點線
瞬即熄滅

在動靜間閱讀你
回聲自己的高低

吹鼓吹詩論壇 43 號 2020/12 月

抽換

晚秋從落葉層疊中
抽換氣溫
冬天接手減法到零
或以下
雪花抽換了雨

城市的鄉愁在歲末端上街
流水席，流水此時冰凍
整條路綠燈抽換成紅燈
像我望著車窗外
望著撥開人群的你前來疏通
打亮我，抽換我
前方卻依舊，一片黑暗

城市易於迷路我知道
有時空白抽換了黑暗
面對螢幕鍵不進任何一個字
一個字的回聲如此巨大
當我的身體漸漸被空間抽換
空間被雜亂的思緒抽換
卻等不到一個人
將所有思緒抽換

香港聲韻詩刊 65 期 2022/6 月

練習

鳥翅剪下的天空
囚室了你

打開柵欄
準備一場亂世

凡現身的
都有亮點

夕陽快門
捕捉你的背影
明暗開啓單向的對談

彷彿雨絲
淋著空懸的鐵鏽色
時間奏鳴

拆掉框架
降低高亢的修飾音

走音走上弦月
如一場無法
又堅持說法的道場

晴夜無雲
無穿越者

假裝自己沒有路過
像你路過我

昨夜的路口

香港聲韻詩刊 67 期

不知名的城市

那片花海
再移過去一點
就是侵略

無法查閱方向的雨
和不知名的花
一起掉進辭海

一株老藤獨行於殘破的紅磚牆上
像強風中的建案市招
不知名的老人扶住
沒人認領

失序的街衢
來回撞擊，夜的回聲
修復敗壞的名字
比修復山坡上的老墳困難

城市粗暴地推開
難以辨認的人
花依然像海
砂石墊底的人都是
沒有名字的野草

香港聲韻詩刊 67 期

不只一種步伐

我不只一種步伐
像晝寢
像花
在深夜裡開

花開的深夜
總是將隱蔽的讚嘆
放大
如星空中的烏雲
緩緩抽離月華

而妳走向我
以帶刺的玫瑰

傷痕開了口：
死亡沒有刺
它只窒息

復活也不只一種步伐
分娩的痛
完成妊娠的幸福
更大的幸福以嬰啼
緊緊擁抱她

我的幸福是
把花種進畫的土壤裡
花香散發出，油彩的氣味
賞畫的人也不只一種步伐
他們的視覺與嗅覺
都是蜜蜂蝴蝶

一排排，在畫裡飛

吹鼓吹詩論壇52號

他們重複著我們的困惑

某些文字有刀
進退間如庖丁解牛的韻律
某些語詞善於投胎
躲在暗處的鬼
火總是看到紙就發抖
如黑夜害怕燎原的擁抱

某些人耽美
而欠缺審美
像一條橋拉攏陰陽
把虛構搓合成誤解

森林原是一幅巨大的書法

風勾引落葉的點捺撇勾縱橫回鋒
以葉子的齒緣
鋸開季節的矜持

我們朗讀瀑布的長卷
被誰截彎取直了下游
你們粉墨登台
暗影我們的尺度

是誰盜火了我們的困惑
點亮長夜的遲疑與閃爍
是誰重複了草原上的風
繁華街市的異同

喜歡冬日的街雨
喜歡落地窗內

流淚的玻璃
室溫慵懶，室外擁擠
有人重複我們白日的困惑
有人在深夜裡爬梳欲語
彷彿還羞，卻已鬆軟了心結

中時人間副刊 2023/3/14

薄霧穿花

1

霧裡看穿，水花的跌宕與消磨
在雨中歪斜，在風裡蒸薄
削過刀鋒

2

他在巡航往復的字詞裡
建構迷宮
只因一瞬誤觸而啓動
千巒疊翠

3

向我敞開

你胸中映畫奔騰的岔路
我會勒馬
借問風沙的行止

4

這是邊界，斥候的極地
所有外擴的逃亡必須
再往圓心集結

5

鄉愁嗜讀書，也嗜寫詩
月光穿線的古籍
在異鄉簷下川流不息

6

人生其實可以更淺

就無需跋涉艱難

7

在靜物素描裡，確認炭筆的聲線
過多對白塗黑了，夜的瞬息萬變

8

跨越換日線
體腔內的時區，向東或向西
加法旭日，減法黃昏
臉部光影正盛，髮線黑白狂奔

9

戰火披掛，我們腳掌喚醒的路
在默禱中沾黏沾黏
沒有淚的神蹟，都是血的地獄

輯四　風雨行旅

夜雨者

別跳進悲傷的旋律
歌詞有沼澤

流星揮鋤
一鋤一個隕石坑
謊報是許願
其實陷阱
像手上無法兌現的彩券

能給自己的時間
分秒必針
刺蝟自慰
深入與拔出都是自絕

星星拔營時
斥候的雲開始回報
更悽惶的雨勢

華副 2022/5/29

碰觸

我不碰觸
僞裝的光滑
縮手尖刺

我不被碰觸
袒露過久的暗面
一層蠟護膚

時間迴紋
針住，老去的話語
枯木長出蘑菇，你猜：
有毒，無毒

一句話輕輕掀蓋
你的旅程久煮
腳底冒了泡

怎樣碰觸光滑才不會失速
怎樣滴血針刺
才不用終生紋身
怎樣紋身才能
傳神圖騰

原住的人紛紛下山
過客佔了位置
老去的話語揭露，何處
一路無毒

比翼的想像

有人縫過的線
忘了針痛
水沖刷的土
遷移了原址

回想一波波
餘溫不冷不熱的盆景
攬住窄仄的陽台
拓寬了眺望
出不了口的說詞
何妨在遠方

一顆十字星拉高想像

南北半球
交換春秋的盟訂
一些候鳥來不及整裝
一座山脈舞動成浪
我們一起浮沉
一起翅膀

一路蓋上
以高飛投影的印章
出示證詞與諾言
即使旅程依然
前路越翻越短
回程日長

衍生

針孔，爲了一條蟲要鑽進而發癢
隧道爲了文明溝通原始而斷代
眼淚不悔傷痛過多過少
街燈拘捕夜歸或盜火，回籠黎明
一張臉只因時間線性而地心引力
而死亡，僅僅爲出生所逼

有時出口
是退縮用兵詐降
光明與黑暗兵荒馬亂

悲傷不只緊鄰快樂
有時會同居，會分娩

多情的混血兒

心眼爲了通關黑白而打開
爲了灰色而關閉
爲了結局翻轉過程而內障

前進總是加速，忘了暫停
有時回頭
嗚過的喇叭碎碎黏黏

一座高山
等一個人的名字登頂
一條大江
卻爲了滅頂一個憤怒的人而青史
沒有盡頭的路如許長

將等待，懸樑
追悔有時過了頭
等待引刀一快

香港流派詩刊 2020/12月

在山上

含苞的話
讓我一猜再猜
這別送的時令

懸宕枯枝的字
還沒落葉
風逗留在你指尖
讓我握住

山逐漸空了
等一場稀釋的雨聲
傘會突圍
一階階登高

發綠的眼睛

我們坐下來吧
讓煙嵐
轉譯薄霧
我們欲言又止

落葉會淋濕
山徑開始青苔
別滑跤了
我們拘謹的言詞
扶持彼此
往山下
再攜手一段吧

聯副 2022/12/12

旅程的意義

有些河抓傷兩岸
支流成為消炎的點滴
有些海成為陸地的疫苗
漏網的水族都是殘劑

我們補綴的網
捕獲了我們
他們輕輕拿起的法槌
重重敲傷了他人

這是河與海的差別
是鹽的濃淡
在土地裡埋線

拉提塑身，海灣與河道
帆影瘦，水面寬的旅程

有人被遺棄在沙灘
有人成爲漂流木
水面倒影不斷流失
又來回網捕

而陸地處處斷崖
難以駐足
我們需要揚帆
需要風
學習在高處眺望晴朗
往低處收線自身

從容文學 29 期 2022/4 月

深不見底

看見自閉的手腕
一則則縫線深埋的
驚心動魄

故事是別人的
別人的別人

看見眼中的晚霞
溢出海的洶湧
被曬乾的結晶
添加往後食不知味的鹹

有時自嘲的笑

還未綻放
已經收傘的雨
拒絕吹乾

穿透了陌生
總有些許反射的熟悉
拓印一幅畫
或幾個字的隱喻

穿上過重的冷漠
尋求熙攘中
擦燃的火花

有些坑洞
適合淺淺的水窪
即使被雨碎了

依稀照出縫線遍佈的臉

有些沉痾
適合深不見底
還是能聽見
狂笑中的哭聲
哭聲中碎掉的笑
還是能聽見

人間魚詩生活誌13期

還原

將各色的字敲碎
讓色盲無法破解
黑布罩下方便挪移作業

再炫目的魔術
烏雲降雨後也還原天空
過程的變
與收尾的不變

車燈爲了聽診
黑暗中的胎動
方向盤輸血過去
有什麼即將臨盆

文字是跋涉中的障
或開示
世界不是放眼所及

一排樹，沒有同名的定義
只是人爲分類
從泥土中竄出的各種塗鴉
天空會修正枝枒

不在熙攘的市街
標新立異
成爲每座城市共有的路名
成爲某些人的原諒

揚塵總是避開了雨

彷彿出生就有陽光的背景
身後高樓頂端
都有神的光輪

不再逆光的年紀
身前僅餘暗影
死去的副標
半活的詩題

創世紀 208 期 2021/9 月

在台北紐西蘭，在奧克蘭皇后鎮

有一種撐竿，跳島
越過赤道讓季節翻轉
鯨豚拍掌，信天翁高歌
一種鮮綠的萌芽
海是島的外套
湖寫生船的進退
以槳倒敘春秋

有一種旅行，從台北到紐西蘭
將翅膀磨銳，易於切分
北上與南下三座島
從奧克蘭到皇后鎮
一張滄桑的臉打卡湖面

貼圖旅人的寫照

有一種快門打開
角色走位如波浪
羽翼兌換鰭，沙灘兌換足跡
雲兌換浪沫，我兌換你

湖水無法放下，與天空競藍
浪無法筆記，雲的破碎
都是風的講座
總有進進出出的季節
方向會說話，風信雞會轉譯
你的心情快樂嗎？無端哀愁嗎？

我捕捉花開，蝴蝶的嗅覺
家鄉異鄉的氣味

放走流雲的落葉，攤開掌紋就抵達
深根與拔營的錯覺

纜車俯瞰，高空彈跳刺穿
往峽灣倒影轉折
爲冰河把脈暖化
看企鵝與海獅和解

我的南是湖天藍
我的北終究家鄉灰
即使霾，即使綠藍紅混沌一碗
難以下嚥，難以在飛機觸地時
依然不辨何方

註：移民紐西蘭二十多年，往返都跨越赤道，將季節顚倒。台灣最北，小憩的北島奧克蘭夾中間，幾次往南島，湖光山色的皇后鎮度假，春天彩虹，秋天艷

紅，冬天雪白，似乎與常住的島嶼，競色。

創世紀210期2022/3月

都會男女

1
已經到了吞嚥困難的時候
對於我和她的關係就只好
只好露餡

2
每天
划船靠岸於單人床沿
換裝潛水
於雙人房浮出
還有一間……

3

不斷丟上雲端的
秘密
上了鎖
忘了陰晴的尾巴
甩著
偶雨的虛線

4

金屬湯匙燙口
偶而練習指力

而筆
適合隱藏心事
以一首晦澀的詩

又軟硬適度

5

有太多的「霧」
這個字難寫卻容易出口：
「唔」是放軟的託辭
也是默認
「霧」的障眼術

金門文藝75期

凝視的旅程

烏雲在你的臉上停靠
像等待鐘聲一響
晴天就隨時散場

一隻蜂鳥的旅途短短
傳訊於花蜜與花蜜之間的密語
前進、停止、後退
急促地凝視
霧與殺戮
戰爭成爲配樂與旁白
成爲尤里西斯的旅程
總有失敗的時刻穿越榮光

趕往下一場膠卷
失敗像沙灘的浪花
綴著陽光殉難
沙沙的聲響彷彿遺言

彷彿一列夜車
讓你細細審視黑鏡中的頹喪

有些橋過了
來不及河水
有些火
來不及滅

輸血都市

柏油覆蓋泥土
像異鄉掩住原鄉口鼻
在靜夜，月光割破天空
只爲了呼吸鄉愁

搭捷運，起站夢想
避過躑躅的擁塞
抵達更擠壓而扁平的
轉乘，再轉乘
總有梯口，朝上掙脫黑暗
朝下摺疊，漸暗的光
被吵翻的農地，醒來

染疫似的，斷根有機
開始往上攀爬
鋼構水泥預鑄板
像樂高般快樂築高
以便將許多人踩下

都市有都市的美
霧霾妝、煙燻妝、活屍妝
每一棟大樓都穿上崗石、帷幕玻璃
冰冷劃開階梯
只供臨照艦褸，嚴禁穿越
且俯視，螻蟻般的人車
以進擊的巨人

我們腳下，泥土未乾
捲起衣袖賣血

輸送一座又一座城
以綿延的有機鄉鎮
換取一座座吸血都市

創世紀 211 期 2022/6月

黑色箴言

他妊娠了戰爭
堅信未滿十月
和平即可誕生

是老虎或狐狸或羔羊
銬住自己雙手說：
你有權保持緘默

森林大火
誰誰誰
自白的縱火者
躲在灰燼處

逆光下的剪影塗黑了面目
凋萎的向日葵
遺腹了一鍋汙油

烏雲早產
洪水九月末
差十月一步

一條鴻溝由誰填土
河是兩岸殺手
一把明晃晃的彎月

黑夜距黎明最近
它鄙視黃昏
如同我們袖手
靜待微火變冷

荒原吐盡最後一口氣
綠野開滿先知的花圃

僞神者
自稱江河的起源
卻令大海終結

創世紀 212 期 2022/9 月

成語之驚詫四行九則

1

越陳越香的成語
大珠小珠叮咚作響
老來俏
霧裡看花而花不語

2

那些自高處崩落的
匪夷所思
都是濁浪翻滾中的
羞恥之心

3

人面桃花藏不住的色心
都是陳倉暗度的含苞
等著驚蟄
就心花怒放

4

有人書寫無境的版圖
鏗鏘神韻
嗜讀的饕餮之心
正貼地飛行

5

失眠的夜，正翻箱倒櫃
歲月淹漬的老照片
一一自乾裂的河床出土

展示黎明

6

送君千里爲了一窺
山窮水盡
冠冕堂皇的話
就省了吧

7

無後退之路
無柳暗花明
春蟄腳夏去催熟去採摘秋日黃金果
卻摔進冬眠

8

你我並無

書法中回鋒之意
所謂刀光劍影
儘是掩飾忐忑的吳儂軟語

9

語不驚人死不休
也還未七十二變
僅僅四九對折
已是人面桃花花映紅之冏

創世紀 205 期 2020/12 月

彩繪美甲狂想曲

——她將一夜狂想，完成的五線譜，纏繞十指

十指伸張
山水摺扇小波浪
她開始在指甲上魔幻——

消毒、軟化、去死皮、拋光、造型
塗底油、彩繪、塗亮油、光療燈三十秒……

深藍：銀河、星座、太陽系
淺藍：星砂、黑沙灘、浪尖白、人魚
東方年：大紅金線煙花
西方年：綠樹紅葉雪人白

魔女宅急便復仇者
迪士尼攜手宮崎駿

偶而神卜掐算：
天時地利人和
左 5G 右 5G
一指一指綿密旋動由緩而疾而幻化而催眠……
擴增實境虛擬實境混合實境元宇宙
十指操控雙眼
雙眼操控千萬眼
指甲上魔幻彩繪
從地心竄出劈裂海水沖破大氣層
光、重力、粒子、電磁，扭曲的時空
當十指緊扣，當八卦爆棚
流星雨的謊言牽手託辭
究極強的引力

令一切眞實的虛僞的編造的軟弱的倶唐突爲
無所逃逸的黑洞
一切靜寂——一切
都落定

十指黑白，各自蹁躚於鍵
流動、舒緩、靜止
合十爲一
再清空
還你本來無淨無垢

創世紀 211 期 2022/6 月

商品文案詩五首

體重計

以爲看清你
像看輕自己一樣模糊
滿溢而抖動的刻度
是上山的賊或下海的囚徒
雲爲了噴薄而降雨
我爲了被人看重而背棄你的原意

霹靂木偶

情節來自指節
握緊攤開

都是掌中劇
在穿入與抽出間斷續眞假人生
演你自己的霹靂

香水

文字的隱者語言的靈鳥
是弦樂的序曲藏詩的餘韻
星空指引的海上傳奇
綁住嗅覺的絲線
索引藏寶圖
一揭開，就身不由己

口紅

只是在入口佈了一座陣

紅妳的臉他的心逐漸進退失據意亂
即將情迷而又推拒，又加速
捨不得逃離
在兩瓣之間輕輕咬合
搜索他與妳的距離

穿衣鏡

以為看穿你
就可以看清變裝後的自己
有些鏡忠實寫生
有些鏡在吞吐之間魔術秀了視線
幻境，對了
這是一面直播中的幻鏡

華副 2021/8/10

後記

第一首詩〈吻合〉，一開始寫前往。第二首〈時間的階梯〉，第三首〈等待傷口〉，三首詩開啓了這本詩集。

是第七本了，時間，也來到晚年。

寫了一系列和時間相關的詩，不和時間競速，更多的是倒敘。而倒敘，過往如馬達，急速傳動生活的齒輪，有些傷口在衝撞中夾傷，有些結痂或者，忽略。

因為傷口而想起在現實中止步，在思考中重返年輕時的夢。

不再競速的時間軸，回撥成，年輕的語言。原來年輕，可以在文字奔跑時發芽，在語言流轉時長成，傳承而有了嶄新面貌。

結集之後，再翻頁，已是另一個寬廣的世界。時間繼續前往，繼續探索，就會發現。

一個車站，一座碼頭或機場，陸海空立體開展，是下一本詩集的開端。希望奔速過的，漂泊過的，飛行過的，都是另一次旅程起站。

陌生而熟稔，懷抱又釋放。

新人間 390

前往時間的傷口

作者—靈歌
主編—李國祥
企畫—吳美瑤
編輯總監—蘇清霖
董事長—趙政岷
出版者—時報文化出版企業股份有限公司
一〇八〇一九臺北市和平西路三段二四〇號三樓
發行專線—（〇二）二三〇六—六八四二
讀者服務專線—〇八〇〇—二三一—七〇五
（〇二）二三〇四—七一〇三
讀者服務傳真—（〇二）二三〇四—六八五八
郵撥—一九三四四七二四時報文化出版公司
信箱—一〇八九九臺北華江橋郵局第九九信箱
時報悅讀網—http://www.readingtimes.com.tw
電子郵箱—genre@readingtimes.com.tw
法律顧問—理律法律事務所 陳長文律師、李念祖律師
印刷—紘億印刷有限公司
初版一刷—二〇二三年六月三十日
初版二刷—二〇二三年七月十四日
定價—新臺幣三八〇元

時報文化出版公司成立於一九七五年，
並於一九九九年股票上櫃公開發行，於二〇〇八年脫離中時集團非屬旺中，
以「尊重智慧與創意的文化事業」為信念。

前往時間的傷口 / 靈歌著. -- 初版. -- 臺北市：時報文化出版企業股份有限公司, 2023.06

面； 公分. --（新人間；390）

ISBN 978-626-353-860-3(平裝)

863.51 112007145

ISBN 978-626-353-860-3
Printed in Taiwan